THE BEAR THAT WASN'T

Text and Illustrations by Frank Tashlin

ぼくは くまですよ

フランク・タシュリン／文・絵
小宮 由／訳

大日本図書

むかし、といっても、それは、
火曜日《かようび》のことなのですが、一頭《いっとう》のくまが、
大《おお》きな森《もり》のはじっこで、空《そら》をじっと見上《みあ》げていました。
ガンのむれが、南《みなみ》にむかってとんでいます。

それからくまは、森《もり》の木《き》を見《み》上《あ》げました。
黄色《きいろ》や茶色《ちゃいろ》にそまった葉《は》っぱが、
えだからはらはらと
まい落《お》ちていきます。

くまは知《し》っていました。ガンのむれが、南《みなみ》にむかってとんで行《い》き、葉《は》っぱがえだから落《お》ちはじめると、もうすぐ冬《ふゆ》がくるということを。

冬《ふゆ》がくれば、雪《ゆき》が森《もり》をおおいます。くまは、どうくつに入《はい》って、とうみんする時期《じき》なのです。

そこでくまは、
そうしました。

それからしばらくたって、といっても、それは、水曜日《すいようび》のことなのですが、森《もり》に、たくさんの人間《にんげん》がやってきました。

人間《にんげん》たちは、地図《ちず》や、図表《ずひょう》や、そくりょう計《けい》などを持《も》ってきて、森《もり》のいたるところをはかったり、記《き》ろくしたりしました。

するとこんどは、もっとたくさんの人間《にんげん》がやってきて、のこぎりやおので、森《もり》の木《き》を切《き》りたおしたり、ショベルカーで、あなをほったりしました。

人間《にんげん》たちは、はたらいて、はたらいて、はたらきつづけ、とうとうとても大《おお》きな……

地図
測量図

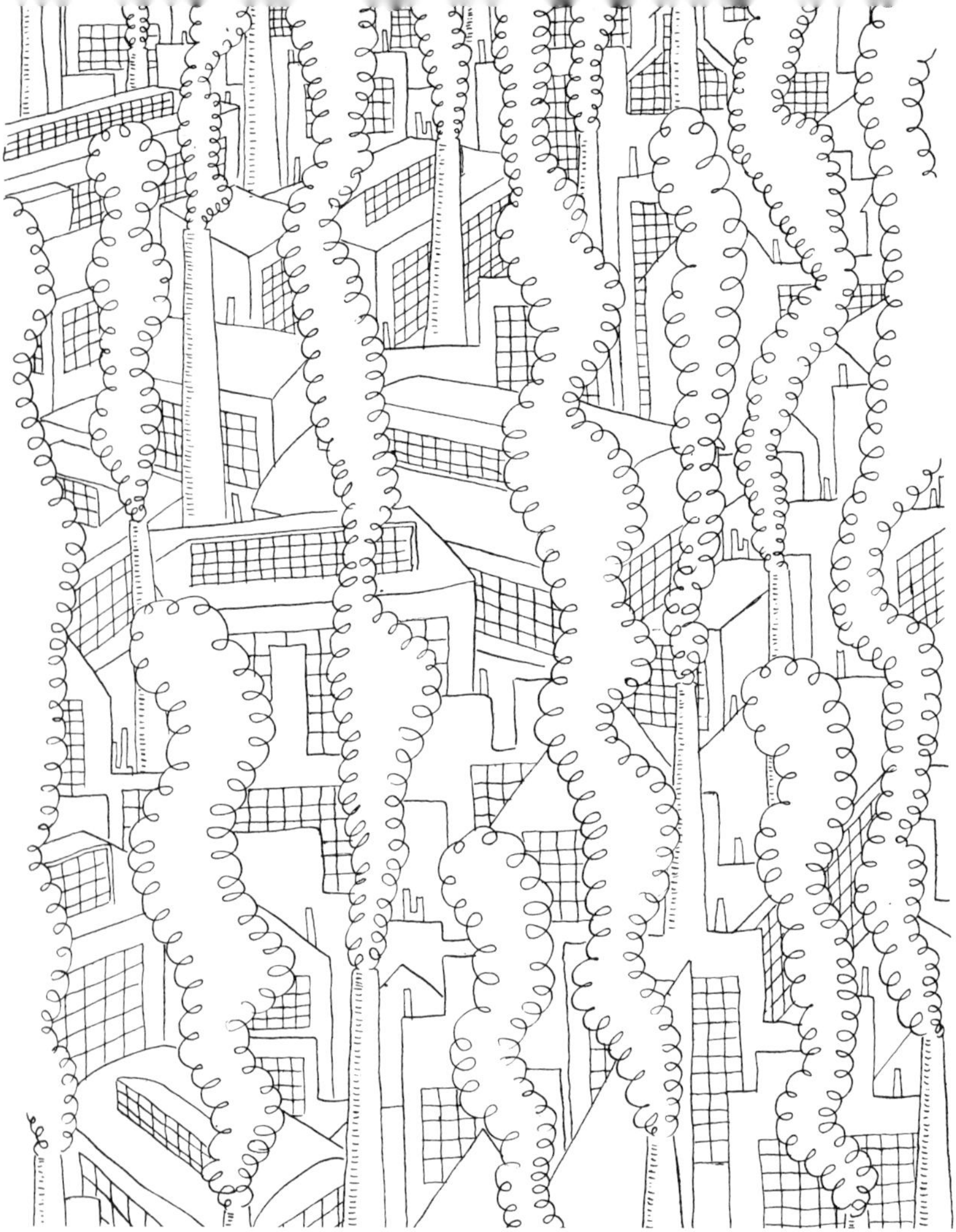

工場《こうじょう》をたてました。
それも、くまが
ねているどうくつ
の、ちょうど真上《まうえ》
に。

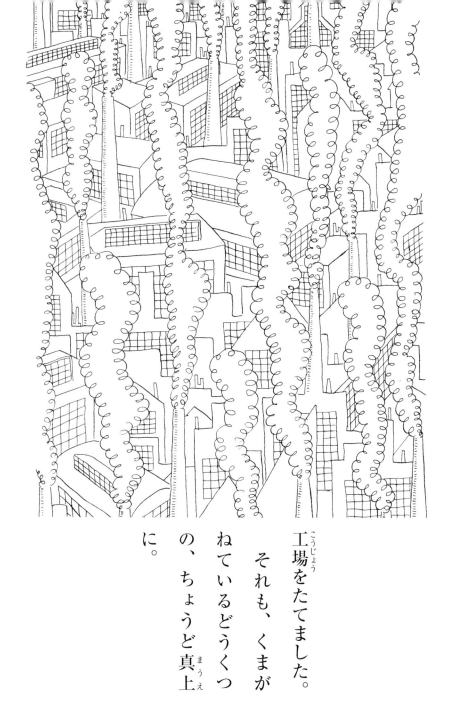

冬《ふゆ》になって、雪《ゆき》がどんなにふりつもっても、工場《こうじょう》は、止《と》まることがありませんでした。

そして、春《はる》になりました。

くまは、工場《こうじょう》の地下《ちか》深《ふか》くで、
目《め》をさましました。目《め》をしば
しばさせて、大《おお》きなあくびを
すると、

ぼーっとしたまま立《た》ち上《あ》がり、
まわりを見《み》まわしました。どこ
もかしこも真《ま》っ暗《くら》です。

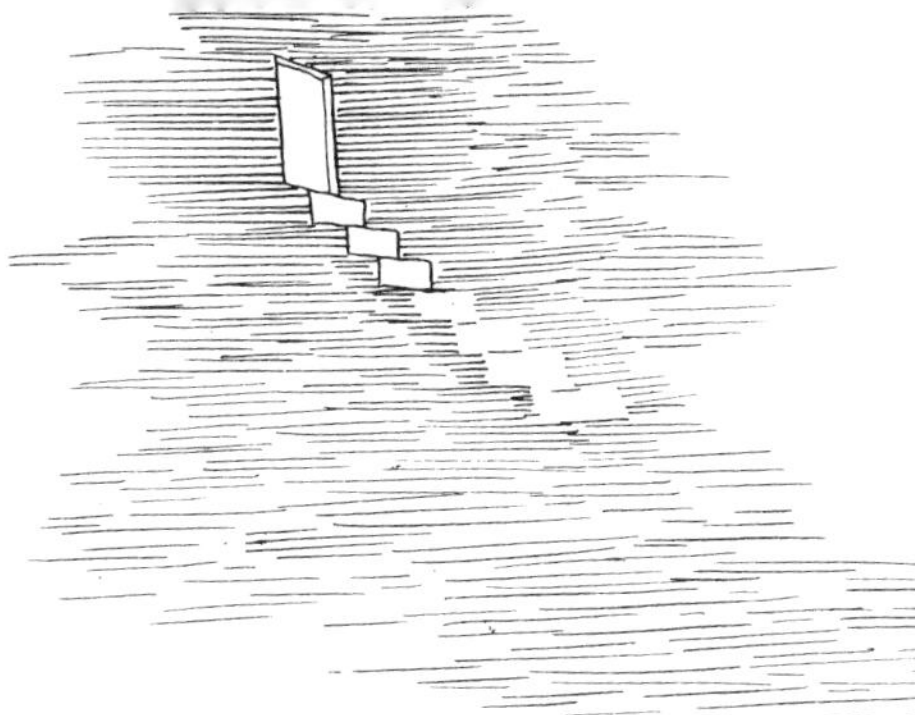

目《め》をこらすと、遠《とお》くにあかりが見《み》
えました。
「あぁ、出口《でぐち》はあそこか。」

くまはそういって、
もうひとつ
あくびをすると、
かいだんを
のぼって
外《そと》に出《で》ました。

外《そと》は、すっかり春《はる》の日《ひ》ざしです。
それでもくまは、まだねむたくて、
目《め》を半分《はんぶん》とじたままでした。

ところがそのとき、くまのねむけが、いっきにふっとびました！　目玉《めだま》がとび出《だ》すくらい、びっくりしたのです。

森《もり》はどこだ？

草《くさ》はどこだ？

木《き》はどこだ？

花《はな》はどこだ？

なにがおこったんだ？

ぼくは、いったい、どこにいるんだ？

まわりのようすが、あまりにちがっていたので、くまは、自分《じぶん》がどこにいるのか、わからなくなってしまったのです。

でも、わたしたちは、くまがどこにいるのか知《し》っていますよね。

くまは、さわがしい工場《こうじょう》の中《なか》に、ぽつんと立《た》っていたのです。

「これは、ゆめだ。」と、くまはいいました。「ぼくはまだ、ゆめを見《み》ているんだ。」

くまは、目《め》をつぶって、うでをつねりました。そして、ゆっくり目《め》を開《あ》けてみましたが、大《おお》きなたてものは、やっぱり目《め》のまえにあります。

これは、ゆめなんかではありません。げんじつです！

そのとき、男《おとこ》の人《ひと》がひとり、ドアから出《で》てきました。

「おい、そこのおまえ、仕事《しごと》はどうした！」と、その人《ひと》はいいました。

「おれは、ここの主任《しゅにん》だ。仕事《しごと》をなまけてると、部長《ぶちょう》にほうこくするぞ。」

「仕事《しごと》ってなんです？　ぼくは、くまなんですが。」と、くまはこたえました。

すると、主任《しゅにん》は、大《おお》きな声《こえ》でわらい出《だ》しました。

「仕事《しごと》をさぼるにしては、おもしろい、いいわけだ。『ぼくは、くまなんです』か！」

「いや、ほんとにくまですから。」と、くまはいいました。

ハッ
ハッ
ハッ
ハッ
ハッ

主任《しゅにん》は、ピタッとわらうのをやめ、急《きゅう》におこり出《だ》しました。

「おい、じょうだんは、休《やす》み休《やす》みいえ！　おまえは、くまじゃなく人間《にんげん》だ。それも、毛皮《けがわ》のコートを着《き》こんだ、ひげもそらない、とんちんかんだ。そんなことで仕事《しごと》をさぼろうとするやつは、部長《ぶちょう》のところへつれてってやる！」

「いや、ちがいますよ。ほんとにくまなんです。」と、くまはいいました。

主任《しゅにん》のほうこくを受《う》けた部長《ぶちょう》は、とてもおこりました。

「おまえは、くまじゃなく人間《にんげん》だ！　それも、毛皮《けがわ》のコートを着《き》こんだ、ひげもそらない、とんちんかんだ。そんなことで仕事《しごと》をさぼろうとするやつは、常務《じょうむ》のところへつれてってやる！」

「そういわれましても……ぼくは、ごらんの通《とお》り、くまでして。」と、くまはいいいました。

部長《ぶちょう》のほうこくを受《う》けた常務《じょうむ》は、ものすごくおこりました。

「おまえは、くまじゃなく人間《にんげん》だ！　それも、毛皮《けがわ》のコートを着《き》こんだ、ひげもそらない、とんちんかんだ。そんなことで仕事《しごと》をさぼろうとするやつは、専務《せんむ》のところへつれてってやる！」

くまは、身《み》をのり出《だ》していいました。

「いいえ、ちがいます。ぼくは、いたってふつうのくまなんです。」

常務室

常務《じょうむ》のほうこくを受《う》けた専務《せんむ》は、かんかんになっておこりました。

「おまえは、くまじゃなく人間《にんげん》だ！　それも、毛皮《けがわ》のコートを着《き》こんだ、ひげもそらない、とんちんかんだ。そんなことで仕事《しごと》をさぼろうとするやつは、副社長《ふくしゃちょう》のところへつれてってやる！」

「ぼくにいってます？」と、くまは聞《き》きました。「くまだっていってるのに、どうして、そうなるんです？」

専務室

専務《せんむ》のほうこくを受《う》けた副社長《ふくしゃちょう》は、目《め》をむき、顔《かお》をまっかにして
おこりました。

副社長室

「おまえは、くまじゃなく人間《にんげん》だ！　それも、毛皮《けがわ》のコートを着《き》こんだ、ひげもそらない、とんちんかんだ。そんなことで仕事《しごと》をさぼろうとするやつは、社長《しゃちょう》のところへつれてってやる！」

「だから、とんでもないごかいです。ぼくは、おぼえているかぎり、生《う》まれたときから、ずっとくまなんです。」と、くまはいいました。

くまは、社長《しゃちょう》に会《あ》うといいました。

「聞《き》いてください。ぼくは、ここで、はたらいてなんかいません。ぼくは、人間《にんげん》じゃなく、くまです。だから、ぼくのことを、毛皮《けがわ》のコートを着《き》こんだ、ひげもそらない、とんちんかんだ、なんていわないでくださいね。もう副社長《ふくしゃちょう》にも、専務《せんむ》にも、常務《じょうむ》にも、部長《ぶちょう》にも、主任《しゅにん》にも、いわれたんですから。」

「なるほど、教《おし》えてくれてありがとう。」と、社長《しゃちょう》はいいました。

「では、それは、いわないでおくとしよう。頭《あたま》の中《なか》では、そう思《おも》っているがね。」

「ぼくは、くまですよ。」と、くまはいいました。

社長《しゃちょう》は、にこっとわらっていいました。

「いいや、くまじゃない。くまというものは、動物園《どうぶつえん》か、サーカスにいるものだ。工場《こうじょう》にいるものではない。だが、おまえさんは、いま、こうして工場《こうじょう》の中《なか》にいる。だとしたら、どうして自分《じぶん》がくまだといえるのかね?」

「でも、くまなんです。」と、くまはいいました。

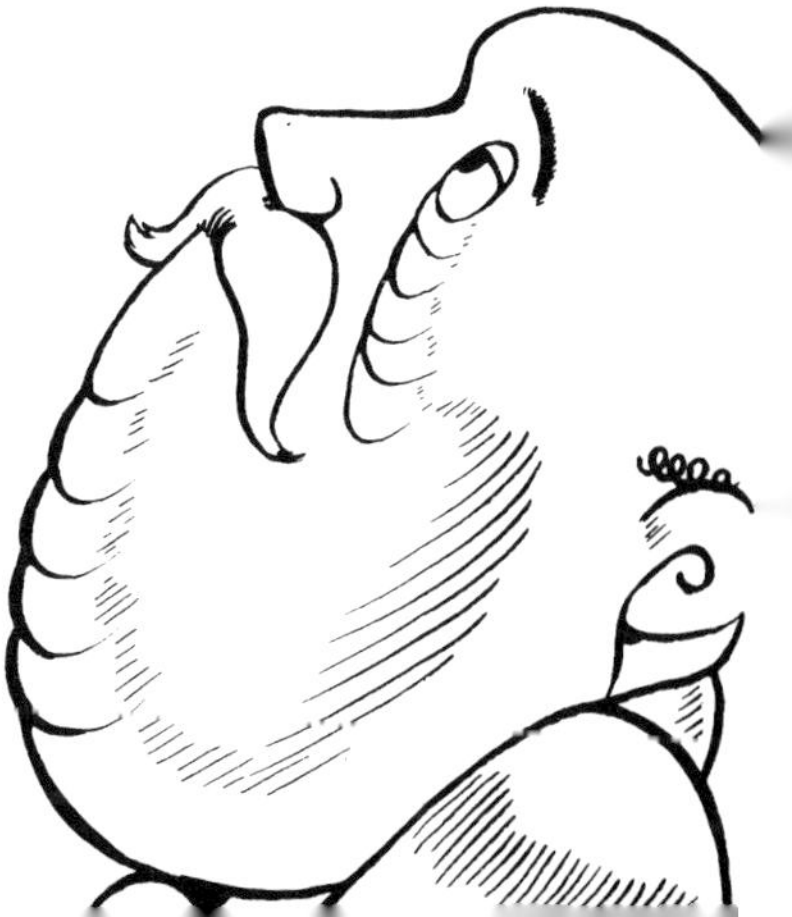

「おまえさんは、毛皮《けがわ》のコートを着《き》こんだ、ひげもそらない、とんちんかんなだけでなく、たいへんながんこもののようだ。」と、社長《しゃちょう》はいいました。「しかたない。わしが、教《おし》えてやろう。おまえさんが、まったくもって、くまではない、ということを。」

「でも、ぼくは、くまですよ。」と、くまはいいました。

そこで、主任《しゅにん》と、部長《ぶちょう》と、
常務《じょうむ》と、専務《せんむ》と、副社長《ふくしゃちょう》と、
社長《しゃちょう》と、くまは、社長《しゃちょう》の車《くるま》に
乗《の》って動物園《どうぶつえん》へ行《い》きました。

動物園
エサを
あげないで
ください

社長《しゃちょう》は、さっそく、動物園《どうぶつえん》のくまたちにたずねました。

「おい、きみたち。かれは、くまかな？」

すると、動物園《どうぶつえん》のくまたちは、こたえました。

「いいえ、くまではありません。もし、くまだったら、そんなふうに、おりの外《そと》で、あなたのとなりに立《た》っていませんから。くまというものは、わたしたちのように、おりの中《なか》にいるものです。」

「でも、ぼくは、くまなんです。」と、くまはいいました。

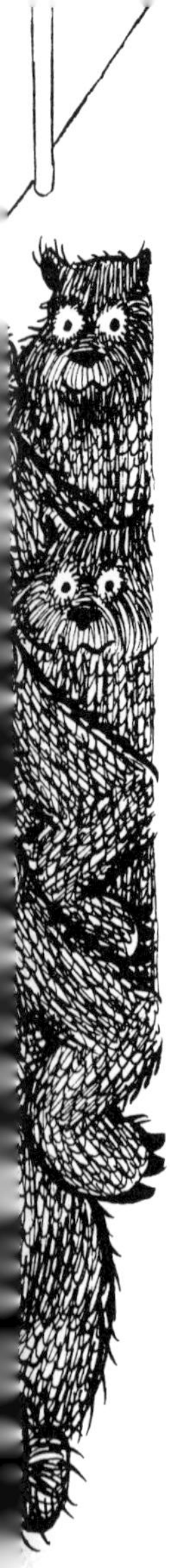

すると、動物園《どうぶつえん》のこぐまがいいました。

「ぼく、だれだかわかる。これは、毛皮《けがわ》のコートを着《き》こんだ、ひげもそらない、とんちんかんな人間《にんげん》だよ。」

それを聞《き》いた、動物園《どうぶつえん》のくまたちは、大《おお》わらいしました。

「でもね、ぼくは、くまなんだよ。」と、くまはいいました。

それから、主任《しゅにん》と、部長《ぶちょう》と、常務《じょうむ》と、専務《せんむ》と、副社長《ふくしゃちょう》と、社長《しゃちょう》と、くまは、車《くるま》を千《せん》キロ走《はし》らせて、サーカスがきている一番近《いちばんちか》い町《まち》へ行《い》きました。

びっくり！
人間大砲
ヘラクレス
世界一の
ノッポ
やせ男
太っちょ
レディー
入場口
ぎょうてん！
火喰い男を
目撃せよ！
フラ
ガール
ホット
ドッグ
ヘビ使いの
アリ
世界一の
ショー
チケット
チケット

社長《しゃちょう》は、さっそく、サーカスのくまたちにたずねました。

「おい、きみたち。かれは、くまかな？」

すると、サーカスのくまたちは、こたえました。

「いいえ、くまではありません。もし、くまだったら、そんなふうに、サーカスの一番《いちばん》いいせきで、あなたのとなりにすわっていませんから。くまというものは、わたしたちのように、しましまのリボンのついた小《ちい》さなぼうしをかぶって、風船《ふうせん》を持《も》ちながら、自転車《じてんしゃ》をこいでいるものです。」

「でも、ぼくは、くまなんです。」と、くまはいいました。

すると、サーカスのこぐまがいいました。

「ぼく、だれだかわかる。これは、毛皮《けがわ》のコートを着《き》こんだ、ひげもそらない、とんちんかんな人間《にんげん》だよ。」

それを聞《き》いた、サーカスのくまたちは、自転車《じてんしゃ》から転《ころ》げ落《お》ちそうになるくらい、大《おお》わらいしました。

「でもね、ぼくは、くまなんだよ。」と、くまはいいました。

みんなは、工場《こうじょう》にもどってきました。

そうして、くまは、ほかのたくさんの人間《にんげん》たちといっしょに、大《おお》きなきかいのまえで、はたらかされることになりました。

くまは、なんか月《げつ》も、なんか月《げつ》も、工場《こうじょう》ではたらきました。

長《なが》い長《なが》い月日《つきひ》が流《なが》れ、ある日《ひ》とつぜん、工場《こうじょう》がつぶれてしまいました。はたらいていた人間《にんげん》たちは、工場《こうじょう》をはなれ、家《いえ》に帰《かえ》って行《い》きました。

くまも、みんなのあとについて行《い》きましたが、ふと、立《た》ち止《ど》まりました。くまはひとりぼっちで、帰《かえ》る家《いえ》なんてなかったのです。

閉鎖
立入禁止
入場不可
入るな

くまは、ぶらぶらと歩《ある》きながら、ふと空《そら》を見上《みあ》げました。
ガンのむれが、南《みなみ》にむかってとんでいます。

それから森《もり》の木《き》を見上《みあ》げました。
黄色《きいろ》や茶色《ちゃいろ》にそまった葉《は》っぱが、えだからはらはらとまい落《お》ちています。

くまは知《し》っていました。
ガンのむれが、南《みなみ》にむかってとんで行《い》き、葉《は》っぱがえだから落《お》ち
はじめると、もうすぐ冬《ふゆ》がくるということを。
冬《ふゆ》がくれば、雪《ゆき》が森《もり》をおおいます。くまは、どうくつに入《はい》って、
とうみんする時期《じき》なのです。

そこでくまは、大《おお》きな木《き》の根元《ねもと》にあるどうくつにむかって、歩《ある》き出《だ》しました。そして、さっそく入《はい》ろうとしましたが、はたと立《た》ち止《ど》まって、つぶやきました。

「まてよ?　このままどうくつに入《はい》って、とうみんしてもいいのかな?　だって、ぼくは、くまじゃないいんだぞ。ぼくは、毛皮《けがわ》のコートを着《き》こんだ、ひげもそらない、とんちんかんな人間《にんげん》だもの。」

そこでくまは、どうくつに入《はい》るのをやめました。

冬《ふゆ》がきて、雪《ゆき》がふりはじめました。雪《ゆき》は、森《もり》をおおい、くまにもふりつもっていきました。

くまは、ガタガタとふるえながらいいました。

「あぁ、ぼくが、くまだったらなぁ。」

森《もり》は、ますます寒《さむ》くなってきました。くまのつま先《さき》と耳《みみ》は、かじかみ、歯《は》は、カチカチとなって、鼻《はな》とあごに、つららがたれてきました。

くまは、自分《じぶん》が、毛皮《けがわ》のコートを着《き》こんだ、ひげもそらない、とんちんかんな人間《にんげん》なんだと、思《おも》いこんでいました。だって、みんなが、そういっていたのですから。

なので、くまは、その場《ば》にじっとしていました。毛皮《けがわ》のコートを着《き》こんだ、ひげもそらない、とんちんかんな人間《にんげん》は、雪《ゆき》の中《なか》で、死《し》にそうなほどつめたくなったとき、いったいどうするものなのでしょう？

くまは、とてもさびしくて、かなしくなりました。そして、もうなにも考《かんが》えられなくなりました。

そのときとつぜん、くまは、スクッと立《た》ち上《あ》がり、深《ふか》い雪《ゆき》をかき分《わ》けながら、歩《ある》き出《だ》しました。そして、そのまま、どうくつの中《なか》へまっすぐ入《はい》って行《い》きました。

どうくつの中《なか》は、あたたかで、こざっぱりとしていて、つめたい雪《ゆき》も、こごえる風《かぜ》も、入《はい》ってきません。

くまは、まつのえだや葉《は》っぱでできたベッドにしずみこむと、たちまちぐっすりとねむってしまいました。そして、楽《たの》しいゆめを見《み》ました。ふつうのくまが、とうみん中《ちゅう》に見《み》るような、しあわせなゆめを。

いまならたとえ、主任《しゅにん》や、部長《ぶちょう》や、常務《じょうむ》や、専務《せんむ》や、副社長《ふくしゃちょう》や、社長《しゃちょう》や、動物園《どうぶつえん》と、サーカスのくまたちに、おまえは、毛皮《けがわ》のコートを着《き》こんだ、ひげもそらない、とんちんかんな人間《にんげん》だ、なんていわれても、くまは、もうしんじないでしょう。

だってそうですよね？　くまは、とんちんかんな人間《にんげん》では、なかったのですから。

もちろん、
とんちんかんなくまでも、
なかったのですよ。

おしまい

訳者《やくしゃ》あとがき

「くまを人間《にんげん》にまちがえるなんて、へんなの！」この本を読んだり、聞いたりした子どもたちは、そういってわらったでしょうか？　私《わたし》は、その反応《はんのう》だけでも十分うれしいのですが、願《ねが》わくば、子どもたちの心に何《なに》かモヤっとしたものを残《のこ》したい。それは、その子がおとなになったときに、思い返《かえ》してくれたらいいのですが、ここでは、そのモヤっとしたものについて、少し考えてみたいと思います。

この本の作者《さくしゃ》、フランク・タシュリンは、一九一三年、アメリカのニュージャージー州《しゅう》に生まれ、ニューヨークで育《そだ》ちました。子どものころから漫画《まんが》を描《か》くのが好《す》きで、高校を中退《ちゅうたい》し、十七歳《さい》からアニメーション・スタジオで働《はたら》きはじめ、二十歳《はたち》でロサンゼルスへ渡《わた》ると、ワーナー・ブラザーズに入社しました。初期《しょき》のルーニー・テューンズ作品《さくひん》を手がけ、一九三九年には、ウォルト・ディズニー・スタジオへ籍《せき》を移《うつ》し、ミッキーマウスなどの脚本《きゃくほん》を手がけたと言われています。第二次世界大戦《だいにじせかいたいせん》のときは、米国陸軍《べいこくりくぐん》により、兵士《へいし》の教育《きょういく》および士気《しき》を向上《こうじょう》させるためのアニメーションを作らされましたが、その内容《ないよう》は、戦争《せんそう》への皮肉《ひにく》がたっぷりのユーモアに富《と》んだものでした。そして、終戦《しゅうせん》の翌年《よくとし》に、この本が発表《はっぴょう》されたのです。

そのタイミングからして、作者がこの本に込《こ》めたものを推《お》し量《はか》ることができますが、では、この「くま」と「工場の人間たち」とは、何《なん》の隠喩《いんゆ》なのか？　単純《たんじゅん》に考えれば「少数派《しょうすうは》」と「多数派《たすうは》」とか、なのだから、くまとして生きるのだという）真理《しんり》をわきまえている人」と「（そもそも自分は何のために生《う》まれ、どう生《い》きていくべきかという）真理をわきまえていない人」の隠喩でもあるのではないかと思えるのです。

そう考えると、工場の人間たちが「おまえは、くまじゃなく人間だ！」と言っているのは、真理をわきまえていない権力者が、真理をわきまえている民衆に向《む》かって、黒いものを指差《ゆびさ》しながら「これは、黒じゃなく白だ！」と、脅迫《きょうはく》しているようにもとれます。真理をわきまえていない権力者が多数派になるという危《あや》うさは、まさにそこにあり、そうなると、多くの人の自由《じゆう》や尊厳《そんげん》が奪《うば》われてしまいます。そんなことは、遠い昔《むかし》の出来事《できごと》であってほしいと願いますが、読者《どくしゃ》である子どもたちがおとなになる未来《みらい》まで、世《よ》の中《なか》が平和《へいわ》であり続《つづ》けるためにも、子どもたちの心の中に、この作者からのメッセージを、モヤっとした形で残《のこ》しておいてもらいたいのです。

戦後《せんご》、タシュリンは、アニメーションから手を引き、実写映画《じっしゃえいが》の脚本《きゃくほん》を書くようになり、後《のち》に映画《えいが》監督《かんとく》になりました。著作《ちょさく》は多くなく、子ども向けは、本作《ほんさく》と『オポッサムはないてません』（大日本図書）のみで、後にどちらもアニメーション化《か》されました。一九七二年、タシュリンは、五十九歳の若《わか》さで亡《な》くなりました。

小宮《こみや》　由《ゆう》

二〇一八年十月

フランク・タシュリン（1913－1972）

アメリカ、ニュージャージー州生まれ。映画監督やアニメーターとしても活躍。1933年ロサンゼルスへ渡ると、ワーナーブラザーズに入社。初期のルーニー・テューンズ作品を手がけ、1939年にはウォルト・ディズニー・スタジオへ籍を移し、ミッキーマウスなどの脚本部門のプロデューサーを務めた。実写映画の作品で全米脚本家組合賞最優秀喜劇脚本賞を受賞。『ぼくはくまですよ』『オポッサムはないてません』は、ともにアニメ化されている。

小宮《こみや》 由《ゆう》（1974－　）

東京生まれ。大学卒業後、出版社勤務、留学を経て、子どもの本の翻訳に携わる。東京・阿佐ヶ谷で家庭文庫「このあの文庫」を主宰。祖父はトルストイ文学の翻訳家、北御門二郎。主な訳書に、「こころのほんばこ」シリーズ、「ぼくはめいたんてい」シリーズ（大日本図書）、『さかさ町』、「テディ・ロビンソン」シリーズ（岩波書店）など、他多数。

こころのかいだん

楽しい本を読むと、その読書体験が、あなたの「こころのかいだん」になります。一冊読めば一段、二冊読めば二段と、心の中にある階段が大きくなって、あなたを成長させるのです。どうして？　だって、階段のてっぺんまでのぼったら、遠くの景色が見えるでしょう？　それは、自分の外側の世界、つまり広い世の中を知ることができるのです。では、階段の底まで降りていったら？　それは、自分の内側の世界、つまりあなた自身を深く見つめられるのです。どちらも大事なことですが、てっぺんまでのぼるならより高く、底まで降りるならより深いところまで階段があった方がいいですよね？　このシリーズが、そんなみなさんの「こころのかいだん」になれたらと願っています。――― 小宮由（訳者）

こころのかいだんシリーズ
ぼくはくまですよ
2018年12月25日　第1刷発行

文・絵　フランク・タシュリン
訳者　小宮 由
発行者　藤川 広
発行所　大日本図書株式会社
〒112-0012　東京都文京区大塚3-11-6
URL　http://www.dainippon-tosho.co.jp
電話：03-5940-8678（編集）
03-5940-8679（販売）
048-421-7812（受注センター）
振替：00190-2-219
デザイン　大竹美由紀
印刷　株式会社精興社
製本　株式会社若林製本工場

ISBN978-4-477-03160-6　84P　21.0cm × 14.8cm
NDC933